黃一哲 ◆ 著

前　言

字幕……

　　此影片，紀錄了部分台灣人民的成長與奮鬥過程，

也是作者在經歷過海內外不同的文化洗禮後的回憶錄。

　　人物情節內容為真實故事改編，

如有雷同純屬巧合。

劇情大綱

台灣的總統大選,因為一場離奇的槍擊案,造成政治與社會持續動盪不安。政黨忙著鬥爭,人民只好自求多福。

戒嚴時代,台灣鄉下成長的教師子弟,不願留在鄉下當井底之蛙,一直希望能有機會前往美國,於是努力學習英語。

結束了苦悶的中學生活,他獨自移居台北求學,在台北的教會宿舍居住,接受西方宗教文化洗禮。

入伍服役讓他脫胎換骨,體驗社會現實,階級與不平等的矛盾現象。

退伍後,考取大學正熱門的電腦科系,但他卻違反台灣的兩岸政策,公然前往大陸的醫學院就讀醫科。雖然對環境有所失望,但也因此深刻體認二岸生活背景的差異……

返台後，隨著台灣經濟局勢變化，工作並不順心如意。他被迫前往海外工作，尋求更好的發展。

在菲律賓設廠後，從生活悠閒到遇到政變，勞工運動，體會政局穩定與清廉效率的政府對經濟成長的重要性。

抓到機會前往美國工作，羨慕當地寬廣的發展空間與生活環境，但華人不易進入主流社會，感到孤單寂寞。

當台灣政黨忙著政治鬥爭，經濟下滑時，大陸招商引資優惠條件持續吸引全球的產業。他也成為經常往返台灣海峽兩岸的空中飛人，見證了兩岸政治經濟文化的消長。

人物介紹

M

劇中男主角，積極進取，總是掌握時代脈動，走在前端，扮演拓荒開創者角色。可分別由童星，不同年齡的演員，扮演其不同時期的角色。

黃老師

M的父親，受過日本教育。教職退休後，一直住在老舊日式房舍。因關懷學生而深受學生與家長敬重的台籍資深優良教師。

大衛

M的童年玩伴，住在眷村，他父親曾是早年奉派前往美國的軍醫，一直沒回台灣。後來大衛也移民去美國拿到電機與醫學雙博士學位。

外婆

M的外婆，M的外公被日軍徵召入伍，戰死異鄉。
M從未見過外公。外婆也一直守寡至今。她很疼愛外孫M。

Y

M在台灣的大學女友，客家人，虔誠的基督徒。曾參與慈濟醫學院的建校。她熱愛台灣，不願離開這塊土地。

董事長

M的老闆，事業版圖遍及世界各地，精於企業管理，一切向錢看，是懂得全球佈局的現代企業家。

客戶

從事貿易，喜好酒色，交遊廣闊的的台商。

男女賭客（二十多人）

其中混雜著臥底的情治人員。

同學

分別由不同年齡的學生角色扮演。

員工

分別由穿著工廠制服的不同角色扮演。

政治人物

總統候選人和電視名主持人。

記者

電視記者。

其他的

分別依劇情由不同角色扮演。

時間：2004.2.28.
場旨：選舉造勢
場景：台北縣市

呂秀蓮：

過去四年陳水扁總統都在掃除舊政府的垃圾，現在陳總統要開始處理共產黨對台灣問題了！中國反對台灣人民公投，是因為他們知道，台灣人民只要公投，就一定會以投票來拒絕中國，所以他們害怕台灣舉行公投，所以大家要為追求台灣的尊嚴來共同打拚。

連戰：

雖然陳水扁一再說是深化民主、展現臺灣民意等理由辯解，他把公投與總統大選綁在一起，希望借公投動員支持者出來投票給他的用心還是昭然若揭。

宋楚瑜：

陳水扁的民調一直落後連戰，扁政府用公投綁總統選舉，而且無所不用其極，有混水摸魚之嫌，扁政府帶頭違法，破壞祕密投票原則，讓選舉變成民主鬧劇。

陳水扁：

李前總統主張一邊一國，連戰主張一個中國⋯。我主張台灣要站起來！要走出去！「相信台灣，堅持改革！」總統大選只要「台北縣贏，全台灣就贏了！」

時間：2004.3.17.
場旨：選舉亂象
場景：賭場

燈光昏暗的賭場內，約十多個年約三、四十歲、貌似黑道的男子，
與七、八位穿著性感的女子圍繞在賭桌旁下注。

女賭客：

　　扁呂選情低迷，連宋是贏定囉！看來你那些官場兄弟的
　　官位不保囉！這局對我倆來說，可不只是二億台幣的輸
　　贏啊！

男賭客：

　　我會找機會開槍，把那個嘿嘿嘿、愛出風頭的呂秀蓮幹
　　掉，並透過地下電台廣播，嫁禍給藍營和共產黨，以激
　　發選民的台灣人意識，扭轉選情。

女賭客：

　　有影某？你的槍法有如此厲害，我怎都沒感覺到？

男賭客：

　　幹！等一下我的槍就讓妳爽到叫不停。

時間：2004.3.18.
場旨：情治系統
場景：國安局

國安局台南聯絡站內。

組長：

有情資顯示3月19日會發生槍擊案，有人製造特殊的二顆子彈，推測是一顆要槍擊陳水扁、一顆是打李登輝。雖然該子彈無致命殺傷力，但這是有人故意要製造治安事件，以扭轉選情。

主任：

你的報告缺乏具體發生時間、地點及人名，不符合情報的要素，再作詳細的調查。

組長：

我的情資訊息可信度很高，只是不能透漏消息來源。我們不能忽視此情報，萬一真發生或走樣失控了，造成國內動亂或二岸衝突，這事件的危害將不亞於美國911恐怖攻擊事件。

主任：

目前資訊不完整，先別往上呈報，只要通知台南市警察局和警政署即可，他們會妥善處理。

時間：2004.3.19.
場旨：總統槍擊案
場景：台灣台南

南部某地下電台廣播名嘴的現場節目：

　　由於之前有朋友傳來小道消息，說可能藍軍陣營的連宋，會自導自演一齣總統候選人槍擊案刺激選票。所以如果真有候選人（連宋）傳出中槍，各位好朋友，要把他當作是選舉花招！

他以如同說書般抑揚頓挫的台語講著，邊不時接聽要買「清肝解毒丸」的聽眾電話。

誰知，竟然是陳水扁在這時中槍。

地下電台廣播名嘴：

　　剛才收到最新的消息，總統和副總統被槍擊，人被送到奇美醫院。怎麼會這樣？大家要冷靜，台灣不能亂！

台灣南部其他十多個地下電台，也幾乎同一時間播報著陳水扁和呂秀蓮遭到槍擊的消息：

　　這是連宋聯合共產黨打的，在打壓台灣人總統，你如果有憤怒，不服，用選票投給1號陳水扁，還他一個公道。

時間：白天，2004春
場旨：槍擊案夜
場景：競選車隊

呂秀蓮：

三一九槍擊事件，迄今仍屬案情撲朔迷離，且被誣指為
自導自演，做為第一槍挨子彈的人，自覺有必要將第一
時間發生的經過向各界說清楚，講明白。

話說大選投票前一天的三月十九日，陳總統與我的共同
行程是車隊遊街高雄市、縣，而後台南市、縣。那天下
午一點半我們在高雄縣與台南市交界的南定橋搭上台
南市競選總部為我們準備的紅色吉普車，吉普車非常迷
你，總統跟我上車之後根本沒有太多空間，以致我們的
座車隨扈只好一腳在車內，另腳在車外隨車扈從，而
總統侍衛長就坐在吉普車右前座，總統的正前方，至
於我的警衛隊伍則全被排在第13號車隊以後。
那天我們的掃街車隊經過台南市灣裡區轉入金華路，沿
途民眾熱情歡迎，鞭炮聲更不絕於耳，總統與我在吉普
車上左顧右盼揮手答禮，既興奮又心懷感激。忽然間我
聽到「碰！碰！」兩聲巨響，頓時煙硝與炮屑模糊了我
們的視線，我感覺到右膝蓋遭到強大震擊，奇重也奇痛
無比。我脫口大叫：「好—痛—喔！」然後低頭下視，
發現灰黑絲絨長褲破了一個洞，鮮血滲透褲管。上週腳

傷未立即止血的教訓提醒我必需在第一時間DIY。我於是轉頭要隨扈盧孝民遞給我隨身攜帶的黑色手提包，一邊告訴他我受傷了，一邊掏衛生紙，低頭處理傷口。我捲起絲絨褲管一看，淡褐色的棉質護膝有一片血跡，再拉開護膝，只見右膝蓋骨外側一個大窟窿，我先用濕紙巾擦拭傷口四週再把整包衛生紙塞進護膝裡面止血。心裡怵然一驚，「難道我中彈了？」

就在此時，我的手臂碰觸到站在我右邊的總統的夾克下擺，有點黏濕，我抬起頭：「總統，您也——？」，我不敢說中彈，因為我並不敢確定。他的臉上泛起苦笑，一隻手摀著下腹，另隻手仍在向沿途熱情的民眾揮舞。

待我身子坐定，隨扈盧孝民手指向吉普車右前方的擋風玻璃，我看到一片輻射狀的裂痕，中央有一個明顯的破洞，果真是槍擊！

我倒抽一口冷氣，腦子裡閃出美國總統甘迺迪在德州遇刺的那一幕，再偏頭看總統，他依然全神貫注於揮手拜票。我們都還活！我心生感動，旋即又想，正副元首雙雙中彈可是未曾有過的大事，這一定出於精心策劃的暗殺計劃，萬一狙擊手還在現場，萬一有一個暗殺集團？萬一是恐怖攻擊？萬一是……

「離這裡最近的醫院在哪裡？」我俯身向前問司機。

「成大醫院，還有奇美。」司機回應。

「我們都受傷了，趕快離開現場！有一必有二。」我想到的是，狙擊手看到我們沒有倒下，可能連續開槍，或者暗殺集團可能在我們已曝光的掃街路線佈下連環狙擊計劃，所以必須立即離開現場。

或許四週太吵，我的話沒人聽到，吉普車繼續跟在前導車之後沿街前行，兩旁民眾時多時少揮手相迎。

「有一必有二！趕快離開現場，侍衛長！趕快連絡醫院。」我轉向侍衛長，他正在用手機講電話。車子繼續走，前後左右，沒有人發現出大事了，我想還是不要驚動地好，於是偏頭跟總統說：「這是重大政治事件，應該做政治處理。底下的選舉活動不必進行了，也不用再拜票，我們趕緊離開現場吧，有一必有二。」

總統仍在揮手拜票，但我發現他的臉色有點發黑，而且略顯痛苦的表情。「還撐得住嗎？總統！」我問他，他微微點頭，一隻手仍忙著向兩旁民眾揮動。大概傷口太痛，他叫站在背後的隨扈張春波組長幫他用小護士抹肚皮。張組長繞到侍衛長椅背彎下腰掀開總統的衣服，我瞄到總統下腹一長條綻裂開來的血紅傷口，心想用面速

力達姆豈不更刺痛？於是大叫：「趕快連絡醫療小組！趕快開往附近醫院就診！我們中彈了！」

我順手比著正前方擋風玻璃的彈孔，「原來是槍擊！」總統臉色大變，「我一直以為只是被鞭炮打到。妳為什麼不早說？」他看了我一眼，我發現他臉色更黑，人也更虛弱了。心裡十分焦急，好在不多久，用摩托車載來的兩位醫療小組的醫師跳上吉普車，一前一後幫他照料。吉普車也在前導車引導下逐漸脫離掃街路線，幾分鐘之後終於停在奇美醫院門口。

總統怎麼進去的，我看不見，因為他被一大群安全人員包圍住。我下車後因右腳舊創加新傷，無法走路，盧孝民立即躬身把我揹進醫院，然後把我放在輪動式病床上推進急診室。我舉起左手腕看錶，正好下午二點鐘，心裡暗忖從中彈到現在，約略十五分鐘吧，後來證實槍擊果真是在一點四十五～六分之間在金華路12-20號之間發生的。

首先，有兩件不幸中的大幸必需敘述：

由於三月十三日那天，我趕完馬祖、台中與台東的行程之後，又要趕到高雄六十萬人的超大型晚會發表重要演

說，因此甫下車就飛奔舞台，一不留神右腳踢到大舞台斜坡的粗厚木板，只覺奇痛無比，卻無暇他顧，就上台講話。接著總統到場又拉著我的手在超巨型的凱旋門左、右、前方伸展台共約六百公尺來回奔馳，接受民眾歡呼。當時其實已經流血不止，但我未敢吭聲，直到活動結束登上飛機脫下鞋子，這才赫然發現右腳趾頭及整個腳盤、腳踝早已瘀紫肥腫有如「麵龜」。下機後，我只作簡易療傷，第二天拄著拐杖就又東奔西跑拼選舉去了。接著選戰是越來越急，傷勢也是越積越重，因此最後掃街拜票時根本無法用腳站立，只好在吉普車上綁著一張高腳椅，人坐上去還得把腳墊高，以免加重傷處壓力。其實若非腳傷嚴重，那敢在陳總統站？拜票時我卻坐椅子？而若非我坐高椅，又墊高右腳，以致右膝蓋的高度正好擋住由擋風玻璃射進來的子彈，那天我早已一槍斃命，或至少肚破腸流！

其次，按陳總統在吉普車所站的位置，過去幾次他都沒有站靠馬路的右邊，出事那天，我坐的高腳椅，早先就綁好在左邊，因此陳總統站在右邊。如果照過去幾次那樣他站左邊，那第一顆威力較強的銅製子彈必定射中總統的胸腹部，後果更不堪設想。

本文是319槍擊事件發生兩週之後，本人腳傷漸癒，身體大致復原後親撰的回憶，追憶的內容只以槍擊發生到奇美就醫前十五分鐘的親身經歷為限。

本文至少證實以下諸事：

第一、陳總統與我確實在二月十九日下午遭受槍擊，絕非虛構。

第二、第一槍中彈的是我，最先發現擋風玻璃彈孔的是我的座車隨扈，因此最先認知槍擊事件的是我。

第三、案發時車隊綿延行駛，民眾夾道而立，鞭炮煙硝四起，我中彈後力持鎮定，只催促速離現場，並未大呼小叫，因此安全人員除吉普車隨行者外，根本不知已發生意外。我曾研判若大驚小怪，非但無濟於事，恐徒增慌亂，或更予歹徒再行狙殺之機。

第四、我因一週前腳傷而坐高椅，並用兩箱礦泉水紙箱墊高右腳，致右膝蓋正好擋住子彈而未傷及身體；又因當天穿上厚軟的絲絨長褲並套棉質護膝，因此穿透擋風玻璃射擊過來的銅質子彈沒有貫穿我的膝蓋骨頭，只銼

傷二公分肌肉之後反彈掉落在紙箱縫隙間，堪稱一奇。第五、擊中陳總統的鉛質土製子彈從他夾克的右前方穿透白襯衫和內衣，在下腹部刮破長十二公分，深二公分的傷口之後，再穿透內衣和白襯衫，停留在夾克左邊的襯底，而未穿出來打到我，也是不幸中的萬幸。

以上追憶各個情節既真實也離奇，因為絕對真實，所以陳總統跟我非但未渲染傷勢，反而力持鎮靜，強忍痛楚，為的是要安定社會，告慰國人，以展現國家領導者的風範。設若一切自導自演，我們勢必裝腔作勢，誇大傷情以假亂真。或許也因為槍擊之後一連串「不幸中的大幸」太過不可思議，以致產生一連串疑義，從而引爆朝野的互信危機，則是不幸中的大不幸，亟需國人以更大的誠意與耐心加以修補。

時間：2004.5.20.
場旨：總統就職
場景：國父紀念館

連戰：

陳水扁今天雖然在總統府舉辦就職典禮，但國親堅持「沒有真相，就沒有總統」。人民追求真相的心無法阻擋，國親追求真相的決心也絕不動搖，追求真相的努力不是為個人翻盤，而是要為台灣民主翻盤。

宋楚瑜：

今天台北雨勢頗大，象徵「天若有情，都會流淚」，象徵民眾對台灣民主被糟蹋感到難過。大家都信任台灣，「但不相信予彈會轉彎」，「不相信總統」，更不認為這樣的總統能代表台灣。⋯⋯

＜鏡頭切換為黑白的回憶畫面＞

時間：下午1963秋
場旨：農業時代
場景：大林糖廠

在廣闊的田野中，有冒著煙的煙囪……

一群穿舊衣的小孩追著滿載甘蔗的蒸氣小火車，
（Video and Audio）

有幾個老婦人在鐵軌旁檢拾火車上掉落的甘蔗……

火車汽笛聲漸行漸遠……
（Sound Effects）

這是Ｍ出生的年代背景，很多日本式的建築物和高大的椰子樹，也
有廣闊的甘蔗田和稻田。

時間：上午1970夏
場旨：M上小學
場景：家門口

日式房子門口，黃老師騎大腳踏車，載兒子背書包去上小學，

M側坐在單車橫桿上，被爸爸用騎車的雙肘包圍保護著……

小學就在家附近，從家門口到小學其實走幾分鐘就到了。

黃老師看著M走進校門口，才繼續騎車前往中學去上課。

時間：上午1970夏
場旨：尊敬的老師
場景：市場

清晨的市場，人們忙碌著討生活……

寺廟旁的菜市場離派出所和消防隊都很近，賣蔬菜的，水果攤，切肉的，還有賣衣物雜貨的，和提著菜藍的，好不喧鬧……

路上很多路人紛紛點頭或鞠躬說：

　　黃老師早！

黃老師在單車上微笑回禮點頭說：

　　早。

時間：上午1970夏
場旨：公民與道德
場景：國中教室

黑板上寫了「公民與道德」幾個大字。
台下坐滿短髮的國中生。

台上男老師說：

公民與道德課程包括下列議題，

（隨即翻開講桌旁的掛圖，用指揮棒逐一比著唸著。）

1. 學校與生活
1.1 權利與責任
1.2 家庭生活
1.3 兩性關係與倫理
1.4 衝突的處理
1.5 社會團體生活

2. 法律與政治生活
2.1 國家與政府
2.2 政黨與利益團體
2.3 選舉與政治參與
2.4 人民的基本權利
2.5 義務與責任
2.6 權利救濟

3. 經濟與生活

‥‥‥‥‥‥‥ 。

‥‥‥‥‥‥ 。

‥‥‥‥‥‥

時間：晚上1974夏
場旨：颱風
場景：日式房子內

颱風夜，家人都在看黑白電視播放棒球賽，中華青少棒隊正在海外和美國隊打得水深火熱，可聽到揮棒擊球聲，主播聲和觀眾歡呼聲……（Sound Effects）

但屋外風聲和雨聲愈來愈大，幾乎淹沒了電視的聲音。

突然停電了，點蠟燭……。

寂靜的屋內，風聲和雨聲更明顯了。

M：

　　　爸爸，颱風夜比較不會熱，而且點蠟燭好好玩。

爸爸沒回答。

媽媽（台語）：

　　　到處都在漏水，屋瓦可能被風吹跑了。

爸爸拿著臉盆和水桶放置在地上接水滴。

M在玩手影逗弟弟和妹妹。

妹妹尖聲驚叫：

　　有大蜘蛛！

時間：上午1974夏
場旨：颱風夜
場景：日式房子庭院

白天，屋內和庭院都淹水。

大人忙清掃，小孩們高興在水中玩紙船……

外婆從舅舅家慢慢走來。

M高興大叫：

阿媽（外婆）。

外婆送來幾袋吃的，分給M和弟弟妹妹，

外婆說：

有乖嗎？

M接過了袋子隨即跑到鄰居找玩伴大衛。

邊跑邊叫：

大衛，我有好吃的，你要不要吃？

時間：上午1974夏
場旨：童年夢想
場景：鄉間小路

二個小孩拿著麥芽糖走在鄉間小路上。

M：

走路實在很累，希望自己可以用飛的。

大衛：

我們自己可以設計空漂氣球，製造熱氣球飛船啊！

M：

那需要很多材料啊，我們沒有錢去買……

大衛：

我爸爸在美國，不知道他是不是很有錢了？

M：

他為何不回來？

大衛沒回答。

時間：下午1974夏
場旨：騎車
場景：日式房子庭院

有一天，M和弟弟妹妹蹲在地上玩彈珠和圓紙牌。

M的爸爸買了一輛小腳踏車回來。

M騎著車，高興叫著：

　　我有腳踏車了！

大衛拿著塑膠球棒和玩具球在後面追：

　　借我騎一下，好不好？

他們一直騎著跑著到附近的教堂去玩，那裡有風琴，溜滑梯和遊戲
設施，有時候會有牧師講聖經故事並送糖果和餅乾給小朋友吃。

這裡常有小朋友聚集玩耍。

時間：上午1975秋
場旨：M讀國中
場景：國中操場

教育部強迫要求中學生都必須剪短髮，
白衣藍褲與白衣黑裙的短髮中學生排列整齊向國旗敬禮，
在國旗歌聲中，國旗冉冉上升，陽光刺眼……

國歌結束後，頒獎典禮……校長頒獎。
在樂隊奏樂聲中，M也上台領了模範生獎。

M一看就是個書呆子的樣子。
雖然學校換了新款式的學生帽，他還是像書呆子。

訓育組長拿著剪刀，找頭髮太長的學生，直接把頭髮剪的凹凸不平。

訓育組長：

　　看你們回去會不會把頭髮修剪短。

時間：晚上1975秋
場旨：想離開鄉下
場景：日式房子內

晚上，爸爸在點香拜拜……

M在看電視，播放著外國電影主題曲……

母親（台語）：

你不讀書還在看電視？

兒 子 M：

我在學英語，你不懂啦。大衛他們全家已經搬去了美國了，我以後也要去美國。

母親（台語）：

你爸爸省吃儉用，一輩子就只騎一部老舊的腳踏車。他教書賺的錢，哪夠你們去美國？你要靠自己的本事。

M：

你別在旁邊吵啦，我要專心聽英語對話啦。

黑白電視畫面，正上演著西洋影集。

隨著年齡增長，M喜歡看的節目從「台語布袋戲」轉變成為「西洋電影」：例如青蜂俠，超人，勇士們。

時間：上午1978秋
場旨：蓋瀉的高中
場景：公車上

M考取嘉義高中後每天都穿著軍訓制服搭車上學。

今天他鼓起勇氣與嘉義女中那個亮麗的女生坐在一起，
聽著公車上播放的校園民歌……

他們彼此相視，默默無語一段時間。

女微笑：

　　你要考哪一組？

M ：

　　自然組，我想考醫醫學院，以後當醫師。妳呢？

女微笑：

　　我是社會組的，想到航空公司當空中小姐。

M ：

　　這本校園民歌歌譜很流行，送給妳。

女微笑：

　　不用啦，我自己也有。

M ：

　　你家裡有哪些人？

女微笑：

　　我爸爸和哥哥都是職業軍人。

時間：下午 1979 夏
場旨：苦悶的高中
場景：嘉義高中

為了下課後再補習，M搬到嘉義市區租房子和同學一起住。

除了軍訓和體育，每天就是看著黑板，英數理化一堆數字和符號
⋯⋯

（鏡頭畫面停留在黑板上，連續更換不同的教師和黑板內容）

M看著窗外，自言自語：

倦了，麻木了，思春？

同學打瞌睡被大聲叫醒罰站⋯⋯
M繼續看著窗外⋯⋯

下課後，M和同學看著教室後的公佈欄張貼著中央日報，頭條報導
的幾乎都是：高雄發生了「美麗島事件」，和衝突照片。

M：

這到底是怎麼回事？我們被說成是國家未來的棟樑，但
戒嚴，髮禁，報禁，背書，考試，我們所有的創意都被
壓抑了。在這種心靈痛苦的環境中，我感覺不到任何快
樂與希望。

同學：

　　寒暑假去參加「中國青年反共救國團」（現已更名為
「中國青年救國團」）或是童軍團的野外活動，你可認
識一些其他學校的女孩子，你會找到快樂與希望的，
呵呵。

＜鏡頭回復為彩色畫面＞

時間：白天1981秋
場旨：到台北補習
場景：公車站牌

M留了長髮，背著背包，提著老舊大皮箱到台北，從公車上辛苦的扛下來。

（鏡頭照到補習街的招牌）

M背著背包，把老舊大皮箱放在路邊，看著玻璃牆上的英數理化課程表，和師資表……

一輛機車加足馬力從背後撞上來，搶走背包，M跌到路邊。

M打公用電話回家。

M：

　　爸，我被摩托車撞了。

爸：

　　人有沒有怎樣？

M：

　　沒事，只是擦傷，可是他把我背包搶走了。

爸：

　　人沒事就好了，找到住的地方了嗎？

M：

　　還沒有。

時間：晚上1981秋
場旨：住到教堂
場景：教堂外

M手包著紗布走到教堂外，看著佈告欄。

貼的海報是每週末固定的演講或座談聚會節目表，

講題多是與信心，希望和愛有關的。

熱心的外國宣教士：

你好，歡迎進來參加我們的聚會活動……

時間：晚上1981秋
場旨：找到歸宿
場景：教堂內

外國宣教士站在講台上，背後的牆上有個大十字架，有風琴聲……

他說：

> 我雖行過死陰的幽谷，也不怕遭害，因為祂與我同在，
> 祂的仗，祂的竿都引領了我。在我敵人面前，祂為我擺
> 設筵席，祂用油膏了我的頭，使我福杯滿溢。凡勞苦擔
> 重擔的，可以到我這裏來，我必使你們得安息……我們
> 歡迎今天新來的朋友。

宣教士講完後，M被熱心的年輕教友們熱情歡迎。大家一起吃喝著
茶點。

女大學生：

> 你是哪個學校的？

M：

> 我是來台北補習，要重考大學的。

女大學生：

> 這個教會有學生宿舍，租金很便宜。

M：

> 你也住這裡嗎？

女大學生：

> 對，我住在女生宿舍，就在師大夜市。我加入了教會的唱詩班，你要加入嗎？

M：

> 我覺得這裡有一種充滿平安喜樂的感覺，有家的感覺。

女大學生：

> 我們就像兄弟姊妹一樣在互相關懷。我在這裡找到心靈的歸宿。你也可以。這是我們的團契刊物，有很多活動報導和見證。

M：

> 我可以隨搬進來住嗎？

女大學生轉頭高興大喊：

> 主內弟兄們！你們又多增添一個夥伴囉！

時間：白天1983冬
場旨：入伍服役
場景：軍隊

M沒考取醫學院，理了光頭，到陸軍訓練中心去接受新兵訓練。

就像和別人一樣，提著槍站在隊伍中，排隊踢正步，跑步……

500公尺障礙賽……滿頭大汗和全身沙塵。

全副武裝：跑步，跨越障礙，爬竿，獨木橋，翻越矮牆，跳沙坑，匍伏前進……百米衝刺……震撼教育……（Sound Effects）

（鏡頭剪輯拍2分鐘）

時間：晚上 1983冬
場旨：優秀士兵
場景：夜間崗哨

晚點名和熄燈號後，大家都睡了。

M持步槍夜間站崗，輔導長忽然從暗處走了出來。

M依規定舉槍瞄準，並大聲質問：

口令！

輔導長嚇一跳，大喊：

我是輔導長，連我都不認識啊？

M：

輔導長好！

輔導長：

怎樣，還習慣軍中生活嗎？

M：

報告輔導長，不習慣，洗澡的水很髒，有菜渣和油污在水裡面。

輔導長：

嗯，觀察入微，我會提報並督導改善衛生狀況。下個月會有很多學校和單位的長官來挑選士官班學員，其中包括陸軍衛生勤務學校，好好把握機會。

輔導長拍拍M的肩膀，走了。

清晨，M在隊伍中，繞著故宮博物院晨跑後回學校。

（Sound Effects）

教室內正在分組講解：戰場傷兵分類與實施心肺復甦術……

教室外一群學員，提著擔架在操演。

教官：

　　藥物學和藥劑學等科目考試的成績已經出來了，本梯次

　　結訓學員，前三名將被分發到憲兵司令部醫務所，陸軍

　　ＸＸＸ醫院和藝工大隊醫務所。這些都是令人羨慕的單

　　位。名單如下：Ｍ，……

時間：白天1984夏
場旨：當軍醫士官
場景：憲兵司令部

軍事單位的小醫務所內，

李醫官抽著煙和正在打毛線衣的女護士在說說笑笑。

M在藥房內填寫補給單據。

有幾個士兵因腹瀉發燒躺在病床吊著點滴。

電話響了，女護士接了電話，說：

　　明天假日有演習，你們都要來值班。

時間：白天1984夏
場旨：急救現場
場景：醫務所

假日一早，只有M在醫務所內。

M看著窗外幾百個憲兵正在鎮暴演習，操場上煙霧瀰漫…

穿便衣扮演暴徒的一群人正拿著棍棒和武器與舉著盾牌的憲兵隔著鐵絲把馬對峙。

鎮暴裝甲車和大型噴水車在憲兵隊伍後方大聲廣播著：

> 各位鄉親，你們正從事非法集會，這是第二次舉牌警告，請立即解散，否則我們就要噴水強制驅離，紅色藥劑噴到身上洗不掉，作為以後的逮捕依據。

有個長官流淚到醫務所求助說：

> 我剛剛路過操場，眼睛被塵沙灑到，又被催淚彈煙燻的睜不開，鼻涕也止不住，真是倒楣。

M用生理食鹽水針頭噴水沖他眼睛，

長官不是很配合，一直用手去擋說：

> 你要幹嘛？

M：

　　等一下眼睛就會舒服多了。

事後，長官向Ｍ道謝後，匆匆離開。
此時，一名嚴重氣喘士兵無法呼吸，滿身大汗被緊急抬來，
Ｍ還來不及打電話叫救護車。

Ｍ手忙腳亂，試著要打開氧氣筒，但打不開⋯⋯

M急喊：

　　他快休克昏迷了，送去三總！不！會來不及，送去最近
　　的醫院急診室⋯⋯

幾個人緊急抬他出去上了軍用吉普車，往營區外疾駛而去。

隨後，李醫官從外面走進來。

M：

　　謝天謝地，你回來了。萬一有人掛了，你沒在這裡值
　　班，那我們麻煩就大了。

李醫官：

你如果遇到無法處理的狀況，就立刻安排後送到大醫院去，這樣你就不會有醫療糾紛。這是保護自己的方式。

M又繼續隔窗觀看演習。李醫官在診療室內看書。

沒多久，M聽到幾聲槍響，也看到有人應聲倒下。

M大叫：

李醫官！有人頭部中彈了，是真的，不是演習！

隨即該傷兵滿臉是血被抬進醫務所。部隊長也拿著紅包急忙前來關心慰問傷兵。

李醫官：

還好，只是催淚彈擊中的皮肉傷，縫幾針，用消炎藥就會好了。不過，還需要觀察幾天是否有腦震盪。

休息時間，擠進來一群滿身大汗的士兵。

士兵甲：

我咳嗽，噁心想吐。

士兵乙：

我頭暈，站不穩……

士兵丙：

我有嚴重香港腳，現在襪子和腳底皮膚黏在一起，難分難捨了。

士兵丁：

我前幾天去割包皮，現在還很痛。

士兵戊：

……

李醫官和M忙著診斷和調配處方用藥……

終於休息時間結束，士兵又回去繼續操演。

M：

李醫官，如果真的有戰爭，在前線上，你會用槍打敵人嗎？你如果不開槍打敵人，敵人會開槍打我們。可是如果你開槍打敵人，事後你還必須救他。這個問題如何回答？

李醫官：

我以後會選擇到實驗室等研究單位，不會上戰場，因此沒有這個問題。

M：

那如果實驗室研究的病毒是類似核子彈的生化武器，這種會對人類造成重大傷亡的武器，應該進行研究嗎？萬一管理疏失，病毒流出實驗室，怎麼辦？

李醫官：

研究室應該會有嚴密的保護措施和管理規範，才能避免發生疏失。

M：

如果真的發生了，生產解藥和疫苗的製藥廠就賺翻了。會有黑心製藥廠或醫療業者刻意散發病毒，謀取暴利嗎？就像軍火商與政客掛勾刻意挑起戰爭，大賺戰爭財？

李醫官：

你是電影看太多了，還是科幻小說看太多了？

M：

有空就多看看啦！很多科幻劇情不都已經假戲成真了嗎？

時間：白天1985冬
場旨：退伍了
場景：醫務所

M背著包包，要退伍了。

李醫官去弄了一個司令部的光榮退伍獎牌送給M。

M送給女護士一張卡片，上面印著：人生如戲，戲如人生。

女護士：

啥……人生如戲，戲如人生？樂觀一點吧！

M說：

我要去考夜間部，這次應該沒問題，白天還可以找份工作，不用依靠家人的支助。

護士調侃M：

在大學交到女朋友要帶回來看我們……

M笑著說：

回來看看你們是可以啦，但如果是回來當兵，除非讓我當將軍，要不我真不想再回來。

時間：白天1986冬
場旨：大學生活
場景：大學校園

M退伍後，果真考取大學正熱門的電腦科系。學生活躍的大學校園內，張貼著色彩繽紛的各種社團活動海報：

> 羅浮童軍團，棋藝社，佛禪學社，春暉社，信望愛團契，陶藝社，舞蹈社，跆拳社，管樂社，溜冰社，電腦網路社，國際標準舞社，環保學會，英語學會，日語學會，商學社，吉它社，論辯社，法律學會，文學社，集郵社，園藝社，自然養生社，科技研習營……

M抱著一台電腦主機走在校園中。

同學向M揮手：

> 去電腦教室上機玩BBS囉！別翹課啊！

M繼續抱著電腦走向校外一家學生餐廳。

對著在櫃檯打工的女友Y說：

> 我幫你把電腦修好了。

Y：

> 晚上要一起去大專團契唱詩班嗎？

M：

不，蔣經國剛去世，我要去參加救國團辦的追悼會，還
要寫報告，關於蔣經國與台灣十大建設的事蹟，交給訓
導處和軍訓教官。這是台灣的軍政和訓政時期的結束，
台灣開始要在李登輝領導下，步入憲政階段。有很多要
寫的。

時間：白天1989冬
場旨：Y去教書了
場景：台東

1989，台東美景。

窗外一片迷濛，厚重的霧，卻遮掩不住一整排嫣紅的櫻花。

女教師 Y 在台上說：

　　「公民與道德」課程除了社會、法律、政治，還包括下
　　列議題。

（隨即翻開講桌旁的掛圖，用指揮棒逐一比著唸著。）

　　　　3.　經濟與生活
　　　　3.1　消費與儲蓄
　　　　3.2　生產與交易
　　　　3.3　就業與創業
　　　　3.4　環境資源之保育
　　　　3.5　政府的職能

　　　　4.　文化與生活
　　　　4.1　美感與藝術情趣
　　　　4.2　工作、休閒和文化生活
　　　　4.3　宗教功能與宗教生活
　　　　4.4　國民外交與國民禮儀

下課後，幾個男女學生包圍老師。

學生：

　　老師，你可以一直留下來在這裡教書嗎？

Y ：

　　可是我會想家，我要回花蓮照顧我媽媽。

時間：白天1990夏
場旨：考醫學院
場景：香港

開放探親後的幾年。

中央人民廣播電台：

> 國家教育委員會公佈，今年起，廣東省與福建省的重點
> 大學，開放招收台灣學生，考試成績合格者，將可與內
> 地學生一樣，享受公費待遇。

M打電話到旅行社：

> 你們是專辦大陸探親的嗎？有辦過去大陸讀書的嗎？我
> 要去參加考試，要辦護照，簽證和需要準備哪些東西？

於是M透過旅行社安排，在香港考試現場，參加大陸首屆的聯考。

台灣來的記者：

> 台灣並不承認大陸文憑。為何你要報考大陸的醫學院？

M：

> 全世界都承認，台灣遲早也要承認的。

台灣來的記者：

> 你知道拿官方的公費待遇，就必須就讀官方指定的學
> 校，與大陸內地學生接受相同待遇嗎？

M :

目前大陸只開放廣東和福建幾所大學以公費招收台灣學生，我沒有太多選擇。只希望將來不會被貼上標籤，成為返台的黑名單。

時間：白天1990秋
場旨：花蓮
場景：蘇花公路

M騎著機車奔馳在北宜與蘇花公路上。沿路上風光明媚。

經過某製衣廠，是Y的姊姊開的工廠。

M：

　　生意好嗎？

Y的姊姊：

　　唉呦，別問了，現在有夠難做的。同業都開始外移了。

M：

　　妳妹妹Y有來這裡嗎？

Y的姊姊：

　　她今天應該在慈濟醫院行政部上班啊。

　　聽說剛調到慈濟醫學院的籌備處⋯⋯

時間：白天1990秋
場旨：慈濟
場景：慈濟醫院

M找到了Y。

M高興說：

　　我考取港澳台學生的醫科榜首，拿到大陸國家教委會的公費，可以免費去大陸唸臨床醫學系（西醫）了，聽說連吃住都不用錢。

Y：

　　慈濟正在延聘留美的醫學教授要建醫學院，我正忙著幫他們處理入境居留等證件……。公費唸醫科的機會難得，你就去吧。

Y的同事：

　　對啊，放心的去吧！雖然Y是這裡唯一的基督徒。我們慈濟人都會對她很好，當作寶貝特別照顧的……也許你以後也有機會來這裡當醫師。

Y：

　　來，我先幫你介紹幾個我的同事，這位美女是剛從美國回來的助理教授……

時間：白天1990秋
場旨：飄洋過海
場景：輪船上

因經濟拮据，M從香港搭輪船前往汕頭經濟特區。

海上風浪很大，要十多個小時才能到岸。

在船上向香港人詢問大陸的情況。

M：

　　我考取暨南大學和汕頭大學醫學院，哪個學校較好？

香港人：

　　汕頭大學是李嘉誠捐資興建的大學，設備較新穎……

M不知道選擇公費待遇是否正確？

在黑夜中望著海上風浪……很茫然。

時間：白天1990秋
場旨：失望
場景：鄉下道路

天亮了，從港口碼頭搭機動三輪車到汕頭大學。

車伕：

　　你是哪裡人啊？

M：

　　從台灣來唸醫學院的。

車伕表情驚訝，一直看著M，車子愈開愈快。引擎噪音聲很大。

一路上，路面不平坦，見到的都是農夫，工人穿舊衣，騎腳踏車的……

到了學校，校區很美，有山有湖，但周圍都是農地，離市區很遠。

M心中感覺好像又要再去當兵了……

時間：白天1990秋
場旨：開學典禮
場景：大禮堂

M坐在禮堂的前幾排，有幾個攝影記者不斷的拍攝典禮實況，
台上佈滿了五星紅旗。

當全體起立演奏中華人民共和國國歌：義勇軍進行曲時，
M手足無措，彷彿成為全場的焦點。

校長在台上宣佈：

今年招收首位台灣學生，這代表著汕頭大學在成為國家
重點大學之後，將更積極展開海外文化交流……

時間：白天 1990 秋
場旨：隔閡與溝通
場景：醫學院

上海醫科大學調派來汕頭的醫學院教授，嚴肅認真的在教學講解實驗內容，實驗室內散佈著刺鼻的藥水味。

M穿著白袍遠遠的聽著，似乎對這些實驗內容沒有很大興趣。

此時M的年紀已經比助教的年紀還大，其他同學在M眼中簡直就是小朋友。

旁邊女同學：

聽說你們台灣很窮，都是吃樹根和香蕉皮，真的嗎？

M：

台灣的工資是這裡的數十倍……政治無真理。只有自然科學才是真理，全世界都通用。所以我不相信政治教條，只相信自然科學。

其他的同學都轉過頭，驚訝的聽著M說的話。

後來，M因以台灣學生的身分，捐款給當地的希望工程（資助貧寒學童就學）又上了當地的新聞媒體。

時間：晚上1990冬
場旨：秩序混亂
場景：大學食堂

用餐時間，食堂人擠人，每人手上都拿著糧票，M也不例外。
但就是沒人要好好排隊。

M：

　　你們應該張貼海報要求排隊，增設欄杆嘛。

同學：

　　學校共青團也曾組織學生，自律維持文明秩序，但成效
　　不彰。

M：

　　十億人口的生活習慣要在一夕之間改變是非常困難的，
　　但真沒想到要改變幾千人的大學校園文化，也如此
　　困難。

同學：

　　你要入境隨俗，要不然會被排斥哦。

M：

　　食堂的飯菜常有菜蟲，我們到校外的市場吃宵夜吧，我
　　請客。廣東好吃的山珍海味真是多又便宜，各式海鮮，
　　狗肉，蛇肉，穿山甲……應有盡有。我在台灣都很少吃
　　到這些東西呢。

冬天浴室沒熱水，一群人拿著熱水瓶去餐廳提熱水要去洗澡。有女生因熱水瓶破裂被嚴重燙傷雙腳，動彈不得。

M大喊：

快去沖冷水。

同學：

走吧，會有人幫她的。

M：

我覺得很心疼，因男女授受不親的傳統禮教束縛，在眾目睽睽之下，竟沒有人依專業訓練，在第一時間前去用冷水施救。

時間：晚上1990冬
場旨：宿舍秩序
場景：宿舍大樓

每天晚上十點，全宿舍一律停電熄燈，同學只能用蠟燭繼續讀書。

M：

我託肥佬幫我買了大卡車用的超大蓄電池和變壓器，還可以接檯燈和電風扇使用。

同學·

停電後全宿舍大樓就你這間最亮。

有個晚上，電視轉播世界盃足球賽，好多人圍在電視機旁觀看，情緒激昂。歡呼聲和嘆息聲不斷。最後中國隊輸了，有人在宿舍砸窗縱火引起騷動。（Sound Effects）

M整晚沒睡好，跑去同學房間說：還好，中華台北隊也輸了。要不我可能會成為洩憤對象。

同學：

不會啦。他們是在抗議每晚的停電熄燈。

M：

每天晚上一停電熄燈，就會有人帶頭開始往窗外丟酒瓶和垃圾，敲打臉盆或鋼杯，喧鬧聲不斷。那怎麼睡的好？

同學：

這情況似乎在中國各地的大學校園都有發生過，成為
學生宣洩情緒的傳統了，學校和派出所也都不管這種
事的。

每天早上的宿舍區草皮，就像戰後瘡痍一樣，那些掃地的阿姨辛苦
的在清理垃圾。

時間：晚上1992冬
場旨：邀約
場景：郵電局

M：

交通和通訊都很不方便，航空信件要一個月才收到，是
不是有太多機關單位要檢查信件，所以航空信件都變成
水陸信件？

櫃檯：

這不關我事，我們收到信就立即通知你來領了。

M：

打國際電話要騎單車一個多小時，才能來市區的郵電局
打國際電話。也是人擠人，沒人要排隊。擠了半天才有
機會和台灣家人談上幾句話。

香港來的學生：

我打算花二萬元買了一隻大哥大，以分計費，出租給同
學使用，造福鄰里。

M打電話回台灣說：

Ｙ，還沒收到你寄來的包裹……我很不習慣這裡的落後
……寒假有空過來玩嗎？我們一起去其他各大都市看看
好嗎？

時間：白天 1991 冬
場合：遨遊中國
場景：中國美景

寒假的時候，Y來了。

M：

　　因機票貴又難買，我們搭火車軟臥車廂到北京吧。

Y：

　　台灣還沒有這種連續搭幾天幾夜，適合長途旅行的車廂
　　呢！

於是Y與M就這樣一起自助旅行，同遊了廣州，桂林，北京，上
海，蘇州，杭州……等知名都市。

（撥放中國各地風光美景與音樂2分鐘）

Y與M在廣州黃花崗烈士陵園和北京大學風景區巧遇幾個台灣來的
熟人。

Y：

　　那不是王姐的先生嗎？他旁邊那位是？

M：

　　他們是來經商的吧？過去打個招呼吧！

Ｙ與Ｍ旅程中不斷拍照和採買各地紀念品。

M ：

　　我在廣州火車站廣場用外幣兌換人民幣時，被詐騙集團
　　坑騙過，以後要去銀行換較安全。

Y ：

　　中國美女好多哦。

時間：白天1993夏
場旨：中西醫結合
場景：中醫教室

M：

愈來愈多人前來大陸的中醫學院就讀，我也選修了一些中醫課程。

女同學：

教室外有歐美來的學生在練氣功和太極拳，他們是來學針灸的。

講台上老中醫：

因為國際保育動物團體抗議和宣導觀念，犀牛角粉等被點名批評的這幾項，已經開始用替代品……

講台下，M在和同學在低聲說話。

女同學：

你回台灣後要不要往中醫藥發展？

M：

我對中醫還是有些質疑，但對中西醫結合的發展遠景是看好的。台灣和香港都有很多中醫診所。

女同學：

　　1997香港回歸中國後，我們就有機會去香港看看了。

M：

　　希望你們有機會去。但我回台灣後，沒有執照將不能當醫師。我也希望將來可以去美國拿個更高的文憑。讓自己的前途更為寬廣。

時間：白天1996夏
場旨：大陸熱
場景：台灣

因政治等相關因素，台胞在大陸取得的學歷仍未被台灣政府承認。

此時，M已經返台與Y結婚生子，並在台灣某電子公司工作

（Transition）

M：

大陸經濟改革開放成效佳，台灣傳統產業紛紛移往大
陸，形成一股抵擋不住的大陸熱。我們也跟隨潮流，已
經在廣東設了一個廠。下一步呢？

董事長：

李登輝提出了 "南向政策" 是為了降低風險，減少對大
陸的依賴。其中最有名的就是中華開發在蘇比克灣（經
濟特區）投資案。我們有計劃要配合客戶需求，前往
設廠。

M：

只要薪資夠高，我很樂意到海外當廠長。

時間：白天 1997 夏
場旨：南向政策
場景：蘇比克

M 隨著 Acer Group 到菲律賓的蘇比克灣（經濟特區）設廠。
工廠的擴建和工人的內部教育訓練持續不斷的進行。

M 的客戶來參觀工廠，M 就像導遊，親自開車載著該台商到處參
觀，介紹著蘇比克灣的稅賦優惠與良好投資環境。

M：

　　菲律賓被西班牙和美國統治過，因此有些西班牙式建築
　　和美國式的法律制度，包括交通規則和勞工法令。

M：

　　蘇比克灣位於呂宋島，離馬尼拉三小時車程，是美國在
　　海外最大的海軍基地。曾有龐大艦隊和潛艇在此港灣進
　　出。你看，好多漂亮的熱帶魚。

客戶：

　　看來美軍撤離後，蘇比克灣改為經濟特區，行政獨立自
　　主管理（SBMA）做得還不錯，這些深水港、沙灘、機
　　場、酒店、賭場、球場、山區別墅、原始叢林……建設
　　都是美軍留下來的，都維持得很好。

M：

　　這裡是是菲律賓最進步，治安最好的地區之一。已經從

台灣來投資設廠或辦事處的有宏碁、大衛電子、致福、精英電腦、東元電機、向邦、東隆五金、中國信託、國際商銀、T&H、旅行社、營造商……還有一些來自日本、美國、歐洲的廠商……

M：

台商和其他外商都住在山區的高級別墅，是以前的美軍軍官眷舍。有些台商攜家帶眷來，小孩就到這裡別墅區的國際學校就讀。

M：

經濟特區內禁止工會組織，因此沒有勞工運動，工廠都正常順利運作著。

客戶：

我聽說每年的聖誕節，各工廠都會辦晚會活動給員工盡興。

M：

對，就像台灣在過年一樣重視。

客戶：

聽說Acer（後來改名Wistron）建廠落成，召開廠商大會時，來自台灣的數百嘉賓雲集，施振榮搭直昇機趕到會場，這大概是當時最熱鬧的慶典了吧。

M：

只是菲律賓颱風多，市區常淹水。造成交通中斷工人無法出門上班。我偶而會開吉普車前往災區了解情況。並攜帶一些台灣總公司寄來的糧食慰問受災員工，還在預算中編列福利金，定期送全體員工去做健康檢查。

客戶：

聽說你在這邊很受歡迎，稱呼你是台灣來的摩西。（聖經故事中的領袖）

M：

還好啦，勞資雙方，外商和當地居民，大家都相處融洽。有一次，GVC發生火災，雖然只是小火，但看到當地消防隊員奮勇搏命滅火，也是夠令人感動的了。

客戶：

晚上都如何排遣？

M：

晚上，台商們有些會聚集在別墅中打麻將，有些相邀到KTV唱歌跳舞或露天啤酒屋喝酒。來，我帶你去一個較Special的地方，是特區外的夜總會。

M開車帶客戶到酒吧，看裸露鋼管秀，在霓虹燈光煙霧中，震耳欲聾的音響讓酒客必須提高音量講話。穿著暴露的女服務生端著啤酒穿梭在場內來自世界各地的酒客中，像是現代叢林的人肉市場，……

客戶：

聽說在特區內的合法賭場內會遇到很多港台來的遊客，還聽說有台灣知名演員豪賭輸了千萬，還可打折優惠？

M：

在這裡，除了菸酒之外，有會員卡的會相約假日去打高爾夫球，或是到海邊搭遊艇，玩水……台商家眷無聊時就互相串門子，或在家種種水果，盆栽，開墾花園，造景……或養小動物……這些還可以有商業價值……像我工廠就在原始森林內，為了除草防蛇，我還養了一群羊可免費幫忙除草。

客戶：

那你豈不是現代蘇武（蘇武牧羊），實在夠悠閒。這樣的海外生活實在像是在美國渡假。

M：

你們訂單下的量不夠大，我當然悠閒啦。

客戶：

訂單不是問題啦，回去就讓你每天加班趕出貨都來不
及。

時間：白天1998夏
場旨：菲律賓政情
場景：會議室

好景不常，菲律賓政情（政變）新聞，台北駐馬尼拉經濟文化辦事處與中華開發的蘇比克灣開發管理公司SBDMC都派專人來與台商協會聚集開會。

某台商說：

因菲國新任總統要撤換蘇比克灣特區SBMA主席，演員出身的總統要指派勞工運動領袖接任。但現任SBMA特區主席拒絕下臺。我們與現任特區主席關係良好，是否要表態支持？

台商們紛紛表示意見。

台商甲說：

情勢對現任特區主席不利，他雖然動員特區警衛設立路障，用貨櫃車擋路，不讓中央政府的人馬進入特區，但聽說他的銀行帳戶已被凍結。……

M說：

我們最好別表態，保持中立，避免介入他們的紛爭。雖然現況對現任特區主席不利，但特區外的地方政府仍是由現任主席的家族在合法控制，因此後續發展很難預測。

專員（顧問）：

請大家編組，彼此保持聯繫，手機別關機。若有必要，
我們會隨時通知所有家眷先撤離。若是機場關閉，將會
由別的方式疏散到安全地區。

時間：白天 1998 夏
場旨：政權移轉
場景：蘇比克

M：

　　中央與特區政府的武裝人員隔著護城河和路障對峙好幾
　　天了，你們工廠情況怎樣？

其他工廠台商：

　　有些工人不敢出門上班，工廠的運作也開始受到影響。
　　現在忙著安排人員調度。

終於馬尼拉的坦克突破路障進入特區。有些中央的先遣人員是經由
機場和海岸滲透進入特區的。

（Video and Audio）

在雙方搶佔特區政府行政大樓時，電視新聞記者拍攝到一個平民持
刀向國家警察腹部猛刺數刀的畫面。

（Video and Audio）

經過幾天的武裝對峙和暴力衝突，雖只有一些小傷亡，但特區主席
被迫政權交接，逃往美國接受政治庇護。

（Video and Audio）

一切又恢復平靜，工廠正常運作。

時間：白天 1999夏
場旨：勞工運動
場景：蘇比克

罷工與示威事件頻傳，工人群聚在特區管制哨與工廠大門出入口，阻擋人員與車輛進出。

（Video and Audio）

商會資方代表：

　　如果工廠無法如期完成生產和出貨，訂單流失了。我們將會關廠，遷廠往大陸。

M 回到別墅中打電話回台北總公司報告情況：

　　新特區主席支持勞工運動，允許工會團體依憲法合法進入特區，開始要求增加員工薪資與各種福利，並不斷有工人提出各種對雇主的控訴：包括非法裁員解雇。

M：

　　我們的主要客戶已經都明確表示，他們會將重心遷往大陸了。

董事長：

　　如果訂單都移轉到大陸了，我們也不得不配合客戶要求遷廠到大陸了。你要前往大陸嗎？

M：

　　美國那邊有廣大市場，我想去設據點並建立行銷通路。

董事長：

好，你去拜訪當地客戶與拓展業績吧。

M請友人安排員工等人的出路，轉介紹到其他台資工廠就職。

M向幾位送行的幹部揮手，上了飛機。

時間：白天 1999秋
場旨：美國夢
場景：美國

M飛到了美國洛杉磯，先住廉價汽車旅館，在倉庫區成立辦公室。
招募人員：華人，墨西哥人，菲律賓人，白人……。

公司開始營運後。

董事長前來視察：

　　這邊交給他們處理就可以，我們一起到拉斯維加斯參加
　　電腦展，時間有限，搭飛機去吧。

　M：

　　一個五光十色的豪華都市，竟然就這樣成立在沙漠中，
　　情色賭城和休閒娛樂文化，為這個區域帶來龐大商機！

董事長不禁讚嘆：

　　美國開放的政策，和完善的配套措施管理，成就這樣的
　　沙漠經濟奇蹟！

他們又飛到東岸拓展商務……在飛機上看著遠無邊際的土地。

　M：

　　寬廣的發展空間與生活環境，加上高收入與高消費……
　　美國真是個有錢人的天堂。

董事長：

習慣美國的生活嗎？

M：

美國很好啊，只是美國人是很現實的，辦公室房租慢繳幾天就收到律師信了。老闆或主管的言行舉止在管理上稍有不慎，就可能被控訴有種族歧視之罪名。大事小事，動不動就要簽合約，看不完的法律與合約條文是比較累。

M：

我常在辦公室留到很晚，半夜開車，行經沒有半個人影，也沒有半隻貓的人行道，若未依規定先停車完全靜止幾秒鐘再前進，就會發現前面有警車在等著你。有一次，幾個人晚上留在辦公室加班，有某豬頭不小心觸動保全系統，頭戴迷你攝影機和麥克風（好像電影中的特種部隊）的巡警就舉槍出現在辦公室。查詢身分和檢視四週倉庫，確定是誤會後才離去。

董事長：

電視也一直提醒2000年的電腦千禧蟲，可能即將造成全球電腦錯亂的大災難，大停電或飛彈亂射……

M：

　　為了省錢，自己一人住在偏遠郊區，每天晚上聽到警車
　　和救護車呼嘯而過，都過得心驚膽跳。深怕哪天不小心
　　就真的出狀況。

時間：白天 1999 底
場旨：華人教堂
場景：教堂外

M 站在教堂門外停車場用手機打電話回台灣給 Y：

　　華人教堂有很多是大陸來的移民和留學生，人數已經超越台灣來的。大陸對宗教是嚴格監督的，他們很多人都是來美國才真正接觸到基督教。常有人善意關心的詢問台灣921地震的影響。

M：

　　自己一人在美國異鄉過感恩節和聖誕節很孤單，真希望你們都在這裡……大衛早已在美國拿到電機與醫學雙博士學位，應該過得還不錯。我真想到聖地牙哥找他家人一起過年。

Y：

　　想回來就回來吧！別自己在美國流浪了。

M：

　　在華人教堂度過了1999除夕夜和2000新年，和一群來自故鄉的異鄉人一起歡呼慶賀新年，相互擁抱的感覺還真不賴！

（Sound Effects）

時間：白天2000夏
場旨：產業持續外移
場景：台灣工廠

M還是選擇回到台灣，經常往返台海二岸之間。

董事長：

生產部門外移到大陸後，現在已經開始獲利，為了保持競爭優勢，其他部門也都必須配合遷移。

M：

你是說包括業務部門，研發部門，管理部門全部嗎？

董事長：

不是全部，但一半以上都必須過去。目前大陸廠的產量已經遠遠高於台灣廠了。

M：

也就是說各部門主管半數必須調派前往大陸新廠。那基層人員呢？

董事長：

他們將可選擇自動離職，資遣或遇缺不補……你看著辦。

時間：白天2001夏
場旨：工廠管理
場景：工廠操場

大陸廣東的清晨，擴音器放著體操音樂。
數千男女工人早起做早操，就像學校一樣。

工廠聘僱的三個穿軍裝的保安將一名被開除的工人推出工廠大門
外，並將他的個人行李丟了出去，散落在他腳邊。

這個工人站在廠外，面紅耳赤對著廠內大聲叫罵著。

董事長在辦公室內問：

外面發生什麼事了？

M：

有個員工在工廠宿舍內拉幫結派，還恐嚇其他部門組
長，依廠規予以開除處份。但他在抗議：工作沒有保
障，薪資低，老闆剝削，還威脅說要去投訴，說台資工
廠的工作環境危險。

董事長：

台資企業以代工居多，企業的優勢主要體現在成本的控
制上，因此整體薪資成本自然必須降低。關於我們的勞
工安全這方面會有問題嗎？

M：

我們的勞工安全與工作環境安全規定都是依相關國際規
範制定，但有些規定在執行上有困難。

董事長：

你認為我們存在有哪些人事問題嗎？

M：

台資企業文化較不利於個人生涯發展，一些人迫於就業
壓力暫時屈就於相對低薪的台企，如果有機會他就會跳
槽。所以人員流動率一直居高不下，時常被外界稱為是
最好的培訓學校。

時間：白天2001夏
場旨：生產管理
場景：工廠內

沖床機器設備與噪音仍不斷的24小時運作著。

印刷電路板廠無塵室外較安靜，M在主持日常產銷會議。

M：

　　歐洲客戶抱怨產品規格不符，要求退貨，並於一週內補貨。

員工甲：

　　經查證，那是客人自己訂單規格填錯了，不是我們的疏失。且這張訂單技術難度高，製程複雜，最快要二週才能出貨。

M：

　　日本客戶要求的品質文件和出貨日期有問題嗎？

員工乙：

　　品質文件都沒問題，但有一批料卡在海關進不來，出貨日期將會受到延誤。

M：

　　報關員，合同搞定了嗎？還有哪些問題？

時間：傍晚2001夏
場旨：軍事管理
場景：工廠內

傍晚，工人陸續走出工廠車間（生產線），有二名女保安在車間門口逐一幫女工搜身。

M：

　　曾經有外資工廠因搜身而引起很多爭議，但有些工廠還是持續進行此一措施。

數百名工人拿著大碗筷，排隊進入食堂。

董事長：

　　工廠內的秩序明顯比工廠外好太多了。

時間：晚上2002夏
場旨：夜生活
場景：廣東

晚上，

KTV內，一群台商酒醉，拿錢砸酒店……

女服務生還攙扶他們到門口上了計程車……

M：

　　廣東台商太多了，路上都可聽到講台語的……

　　你看，對面那一群也是。

酒醉的客戶：

　　很久以前，台灣的經濟奇蹟吸引外資；但是，近十年
　　來，台灣內部政治紛紛擾擾，越來越多的資金外移；市
　　場的主力族群出走，大家都陸續來到這片新的經濟樂土
　　消費……

M：

　　走，我帶你去另一個地方，也是台灣人開的店，你一定
　　還沒見識過。

酒醉的客戶：

　　有影唔，還有我沒見過的？

M：

　　真的啦，那裡真的很好玩，還有台商玩到被綁架咧！

酒醉的客戶：

挖哩咧！＃＠＄ㄟ％＊ㄟ（＊＆＃！

M：

還想去嗎？

酒醉的客戶：

去啊！當然去！台灣人豈是貪生怕死的？

客戶手機響了。

客戶驚醒：

啥？肥佬投資的工廠廠長被抓走了！……

M：

喔！怎麼回事？誰遇到麻煩了？

客戶：

我朋友的工廠啦。好像是他們員工在背後亂搞，海關去查廠後，發現有問題就先抓廠長了。這事你有辦法幫忙處理嗎？

M：

他們廠長是被那個單位收押的？先弄清楚為何被抓？

客戶：

我不知道詳細情形啦，是朋友請我幫忙去救人啦。

M：

我認識一位台灣來的顧問，專處理這種事。先請他去弄清楚詳細情形吧。

二人攔了計程車。

客戶咳嗽：

珠江三角洲的發展已經造成此地環境污染⋯⋯

M：

這裡經濟繁榮後，工商單位和海關也開始對外資工廠查稅，查走私（庫存短少，非法內銷）⋯⋯似乎在催趕廣東的外資北移，或移往較需外資的內地。

客戶：

對喔，隨著台灣科技大廠紛紛前往長江三角洲，當地繁榮到現在已經超越廣東和台灣了。你要不要也過去看看？做個比較。

時間：白天2002冬
場旨：台商北移
場景：浙江，江蘇

雖然兩岸關係惡化，但大陸內地的招商引資優惠條件仍持續著。

下著雪的年底，華東某市的馬市長請客。

馬市長：

> 我們先提供廠房供無償（免費）使用三年，直到你們的
> 新廠房建好⋯⋯

M：

> 新廠區規劃已在進行，市長請務必督促相關部門，確保
> 我們的整地、供水、排水、煤氣、供電、電話、寬頻網
> 路、道路、⋯⋯都能即時完工。

馬市長：

> 沒問題。這位是我們××開發區主任，他會隨時提供你
> 們所需要的各項協助。

M：

> 謝謝！乾杯！

馬市長：

> 我們還可資助你們台商工廠去參加海外展覽，協助促進
> 產品出口外銷。

M：

　　大家聽到了喔，是市長親口說的喔。

時間：白天2003春
場旨：SARS風暴
場景：台灣

台灣某晶圓廠背景畫面，開會中……

董事長帶著口罩主持電腦視訊會議。

M和其他主管也分別在不同地點，同時參加電腦視訊會議。

董事長：

因為SARS風暴，除了人員管制，戴口罩和量體溫等措施外。我們也必須規劃疏散辦公人員，分散風險。不能因任何一人染煞，造成全廠停工。作業停擺。

M：

舊廠和新廠的各主管人員都必須能夠在家裡上網，在萬一工廠停擺時，還能互相保持聯繫。一定要能隨時和國外客戶，週邊廠商保持密切聯繫。

董事長：

非必要的旅行和交際應酬一律停止進行。

時間：白天 2003春
場旨：景氣復甦
場景：台灣

經過幾個月，SARS風暴終於結束了。經濟活動迅速回升。

M終於又被調派回到台灣。Y在機場接機。

Y：

世界經濟論壇公佈全球經濟競爭力，台灣居亞洲各國之
冠。你要不要考慮留在台灣創業，我們不用經常分隔兩
地……

M：

競爭力包括總體經濟環境、公共制度及科技三大項目，
台灣是因科技製造及研發表現突出，才能成為亞洲各國
之冠。台灣商業面對的最嚴重問題是，政策不穩定性，
官僚缺乏效能、政府不穩定性、稅務規範等。

M：

台灣如果不能吸引外資，觀光客或更多消費主力，這些
統計對一般個體戶商店與小型服務業並無實質意義。而
且我想做的項目都是需要龐大的資金支持，我們毫無政
商背景，根本不具備足夠的創業條件。

Y ：

　　那你想留在台灣嗎？

M ：

　　如果有好的工作機會，我當然想囉。

Ｙ微笑。

時間：白天2004春
場旨：總統大選
場景：台灣

開票結束後，藍軍大規模遊行到總統府抗議⋯⋯

宋楚瑜：

　　總統大選與全民公投同時進行，無疑又是一場鬧劇與政治災難。

陳水扁：

　　台灣是一個自由民主的社會，沒有任何個人或政黨可以代替人民做出最後的選擇。就是要愛台灣！不用怕！

連戰：

　　誰才是真正愛台灣？誰才是竊取政權？

李傲大師：

　　扁營呢，全力阻撓真相調查委員會319槍擊事件；藍營呢，繼續喊沒有真相就沒有總統。滿清末年有鎖國政策和鼓吹義和團抗敵，現在民進黨也在搞這一套。

陳文倩：

　　當年大陸在文化大革命，台灣正在經濟建設；
　　現在大陸經濟在起飛，台灣卻在搞文化大革命；
　　台灣執政者是不是該想想，如何讓台灣的投資環境，
　　人民生計快速好轉，否則，菁英會繼續用腳投票⋯⋯

台灣政局還是紛紛擾擾……

有很多人在用餐時為了藍綠是非，爭辯得面紅耳赤。

（Sound Effects）

柯賜海老兄也總是會在適當時刻，不忘出現在電視畫面中，拿著扑
議看板，或帶動物上街搶鏡頭，給觀眾製造一些喜氣和歡樂……

電話響了。

董事長：

　　你還在看電視新聞啊？我們已經把重心都移到大陸華南
　　和華東了，台灣似乎沒有你可以發揮的舞台了。

M接了電話：

　　我明白，也能理解。

M：

　　我只能繼續前往海外發展，目前看來還是大陸商機較多。

Y面無表情。

……

時間：白天 2004 春
場旨：抉擇
場景：上海

大陸官員：

　　我們願提供此醫療院病房，藥廠設施和醫護人員供你們運用，歡迎加入我們的建設行列……

M：

　　希望我們的經驗、技術、資金、市場、人才……的整合，可以開創雙贏的局面。

M：

　　但是目前的法令規定，對我方的投資缺乏保障，限制也太多……

大陸官員：

　　這部分我們還可以繼續研究研究……

時間：夜 2004 春
場旨：移民潮
場景：上海

電視新聞畫面。

女記者：

　　台灣數十萬菁英點亮了上海的夜景，卻讓台北的街頭黯
　　淡下來。

　　對土地的認同感不再那麼強烈，為了討生活，連國籍都
　　可能放棄。

　　台灣的消息不再被台商所關心。

　　以上是××新聞記者×××在上海為您報導。

時間：白天2004秋
場旨：生活
場景：高速公路

（Transition）

ㄚ自己開著休旅車載著小孩，從汐止南下，經內湖與圓山路段，見到101大樓與摩天輪……

警廣電台路況報導：

有熱心民眾打電話說中山高南下100公里處，有大貨車掉落一床大棉被和紙箱在內側車道。

又據報台中交流道附近掉落一架軍用靶機，靶機上畫有豬頭和扁字，已經分別通知員警和軍方前往瞭解……

（特寫：ㄚ繼續開著車，小孩在後座睡著了）

警廣繼續報導新聞：

昨天又有上千民眾上街遊行，反對6千億的軍購案。

與此同時，美軍持續在海外展開反恐作戰，維護世界和平的任務……

時間：白天2004秋
場旨：返鄉
場景：老舊房舍

M年邁的父母仍住在南部的老舊日式宿舍。
每次颱風或地震就心驚膽跳。

Y：

爸媽，M說他沒空回來，叫我帶小孩回來看看你們。他常說想搬回南部，找個大一點的房子一起住，但是他說台灣現在薪資條件欠佳，好的工作機會不多。

黃老師：

沒關係啦，反正在這裡已經住了半世紀了，都習慣了。

M媽媽：

這是國中，國小的教師宿舍，政府準備收回了，我們也想在附近另外找住的地方。

黃老師：

小孩子沒有去過糖廠吧？要不要去吃冰？

時間：白天2004秋
場旨：思念
場景：大林糖廠

Ｙ開休旅車載爸媽和小孩一起去大林糖廠。

黃老師對著小孫子說：

　　這是你爸爸小時候成長的地方，他以前就長得和你一模
　　一樣可愛。

Ｙ和小孩子到處張望，
只見荒蕪的日式房舍，已經不見當年甘蔗富庶的廣闊田野，
有一古董蒸氣小火車靜止不動，供遊客參觀，幾個觀光客在拍照
……

（加入背景音樂）

Ｙ彷彿聽見火車汽笛聲漸行漸遠……

也彷彿看見Ｍ的身影漸行漸遠……

＜下集　待續＞

後記

　　想到要寫這劇本（題材）是因為看到台灣人民在經歷過海內外的一些風風雨雨後，政治，經濟，文化各方面有了重大的變化，對於電視新聞中和實際生活中的紛紛擾擾，有些感觸。

　　再回頭看看過去數十年歲月磨練，自己身心靈的轉變，對於世事有了一些不同的觀點和價值觀。有些獨特的經歷若不記載下來，可能將來不容易有機會與更多的人分享。

　　若是能有機會以電影或電視劇的方式，以一些較具衝擊性或震撼性的鏡頭畫面來呈現，將更能讓未曾有這些親身經歷的兩岸執政者，民意代表，上班族，年輕學子，甚至外國人，更能了解我們這些來自台灣，在外漂泊的芋頭番薯生活史，……或應該說是我眼中各行各業的得意與無奈吧？

台灣正面臨產業轉型，政府鼓勵發展文化創意產業，這也是我決定撥出時間，將親身經歷以自傳和電影劇本的方式來呈現的原因。

　　我不是專業作家，因此內容不拘格式和形式，有很多內容隨著時光洪流的沖刷，已經消失不見，但是若有市場需求，我將設法翻山越嶺去把過去的日記和照片都找出來，在下一版或續集中做更多的補充。

1963年，作者與母親攝於鄉下竹籬芭前。

1966年，作者坐在爺爺的老爺車上。

1967年，作者與家族部分成員。

1974年，作者穿著國小的卡奇制服與家人合影。

1981年，作者攝於台北溫州街的學生宿舍。

1990年，作者於淡江大學畢業典禮的留影。

114

作者於2003年的近照，攝於嘉義縣大林糖廠。

國家圖書館出版品預行編目

他來自台灣 / 黃一哲著. -- 一版. -
臺北市：秀威資訊科技, 2004[民 93]
面 ； 公分. 參考書目：面
ISBN 978-986-7614-76-6(平裝)

854.9   93022202

語言文學類 　PG0038

他來自台灣

作　　者 / 黃一哲
發 行 人 / 宋政坤
執行編輯 / 彭家莉
圖文排版 / 張慧雯
封面設計 / 羅季芬
數位轉譯 / 徐真玉　沈裕閔
圖書銷售 / 林怡君
法律顧問 / 毛國樑　律師
出版印製 / 秀威資訊科技股份有限公司
　　　　　台北市內湖區瑞光路 583 巷 25 號 1 樓
　　　　　電話：02-2657-9211　　　傳真：02-2657-9106
　　　　　E-mail：service@showwe.com.tw
經 銷 商 / 紅螞蟻圖書有限公司
　　　　　台北市內湖區舊宗路二段 121 巷 28、32 號 4 樓
　　　　　電話：02-2795-3656　　　傳真：02-2795-4100
　　　　　http://www.e-redant.com

2004 年 12 月 BOD 一版
定價：150 元

讀　者　回　函　卡

感謝您購買本書，為提升服務品質，煩請填寫以下問卷，收到您的寶貴意見後，我們會仔細收藏記錄並回贈紀念品，謝謝！

1. 您購買的書名：＿＿＿＿＿＿＿＿＿＿＿＿＿＿＿＿＿

2. 您從何得知本書的消息？

□網路書店　　□部落格　　□資料庫搜尋　　□書訊　　□電子報　　□書店

□平面媒體　　□ 朋友推薦　　□網站推薦　□其他＿＿＿＿＿＿

3. 您對本書的評價：(請填代號　1.非常滿意 2.滿意 3.尚可 4.再改進)

封面設計＿＿　版面編排＿＿　內容＿＿　文/譯筆＿＿　價格＿＿

4. 讀完書後您覺得：

□很有收獲　□有收獲　□收獲不多　□沒收獲

5. 您會推薦本書給朋友嗎？

□會　□不會，為什麼？＿＿＿＿＿＿＿＿＿＿＿

6. 其他寶貴的意見：＿＿＿＿＿＿＿＿＿＿＿＿＿＿

＿＿＿＿＿＿＿＿＿＿＿＿＿＿＿＿＿＿＿

＿＿＿＿＿＿＿＿＿＿＿＿＿＿＿＿＿＿＿

＿＿＿＿＿＿＿＿＿＿＿＿＿＿＿＿＿＿＿

讀者基本資料

姓名：＿＿＿＿＿＿＿＿＿　年齡：＿＿＿＿　性別：□女 □男

聯絡電話：＿＿＿＿＿＿＿＿　E-mail：＿＿＿＿＿＿＿＿＿

地址：＿＿＿＿＿＿＿＿＿＿＿＿＿＿＿＿＿＿＿

學歷：□高中(含)以下　　□高中　　□專科學校　　□大學

□研究所(含)以上 □其他＿＿＿＿＿＿＿

職業：□製造業 □金融業 □資訊業 □軍警 □傳播業 □自由業

□服務業 □公務員 □教職　　□學生 □其他＿＿＿＿＿＿

To：114

台北市內湖區瑞光路 583 巷 25 號 1 樓

秀威資訊科技股份有限公司　　　收

寄件人姓名：

寄件人地址：□□□

秀威與 BOD

BOD（Books On Demand）是數位出版的大趨勢，秀威資訊率先運用 POD 數位印刷設備來生產書籍，並提供作者全程數位出版服務，致使書籍產銷零庫存，知識傳承不絕版，目前已開闢以下書系：

一、BOD 學術著作—專業論述的閱讀延伸
二、BOD 個人著作—分享生命的心路歷程
三、BOD 旅遊著作—個人深度旅遊文學創作
四、BOD 大陸學者—大陸專業學者學術出版
五、POD 獨家經銷—數位產製的代發行書籍

BOD 秀威網路書店：www.showwe.com.tw
政府出版品網路書店：www.govbooks.com.tw

永不絕版的故事・自己寫・永不休止的音符・自己唱